U0717077

中华传奇人物故事汇

尧舜禹

卢静著

中华书局

图书在版编目（CIP）数据

尧舜禹/卢静著. 一北京:中华书局,2019.6(2019.6 重印)
(中华传奇人物故事汇)
ISBN 978 - 7 - 101 - 13753 - 8

Ⅰ.尧… Ⅱ.卢… Ⅲ.神话 - 作品集 - 中国 - 当代 Ⅳ.I277.5

中国版本图书馆 CIP 数据核字(2019)第 020508 号

书 名	尧舜禹	
著 者	卢 静	
丛 书 名	中华传奇人物故事汇	
责任编辑	徐麟翔 董邦冠	
出版发行	中华书局	
	（北京市丰台区太平桥西里 38 号 100073）	
	http://www.zhbc.com.cn	
	E - mail:zhbc@ zhbc.com.cn	
印 刷	北京瑞古冠中印刷厂	
版 次	2019 年 6 月北京第 1 版	
	2019 年 6 月北京第 2 次印刷	
规 格	开本/787×1092 毫米 1/32	
	印张4⅛ 插页2 字数50 千字	
印 数	10001 - 30000 册	
国际书号	ISBN 978 - 7 - 101 - 13753 - 8	
定 价	18.00 元	

出版说明

　　远古时期，元谋人、蓝田人、北京人、山顶洞人，先后在中华大地上繁衍生息，留下了生活的遗迹。距离今天四五千年前，活动于红山文化遗址、良渚文化遗址等地区的先民，不只留下了生活的遗迹，还创造了早期中国的文明，为中华民族五千年繁荣昌盛的华彩乐章谱写了美妙的序曲。

　　他们的真实生活虽不见于史籍记载，几千年来却流传着很多关于他们的故事。如盘古开天辟地，女娲炼石补天，神农遍尝百草，后羿射日，大禹治水……这些迷人的故事不仅带给我们奇幻瑰丽的文学想象，还体现了华夏先民对自然世界的认知，对美好生活的向往，记录了他们走出蛮荒、迈向文明的艰辛历程。

这些带有神话色彩的人物，是在蛮荒的世界里披荆斩棘的英雄，是不怕艰险、不畏强暴、不惧牺牲的民族精神的化身。

他们的名字，他们的故事，如一幕幕传奇，经久不息地流传在华夏大地。他们，是中华民族的传奇人物。

他们的故事，如满天星斗，如沧海遗珍，都汇聚在这套《中华传奇人物故事汇》丛书里。我们将在这里见证他们的智慧、勇敢、顽强，追溯中华民族远古的源头。

目 录

禹

导 读

尧、舜、禹是传说中上古父系氏族社会后期著名的部落联盟首领。

年轻有为的尧帝，率领先民观察星象，制定历法，凿井饮水，发展农业生产，同时访求贤德，并设立谏鼓、谤木，用来广开言路……天下呈现欣欣向荣的景象。人们都说，尧的仁德如天，智慧如神。

然而，尧终生都住在简陋的茅草屋里，吃野菜粥，穿粗麻衣，屋里的梁、柱都只取一根原始木头做成。

舜的生母早逝，年幼时，舜生活艰难。但舜一心向善，始终秉持对父母的孝心，对兄弟的爱护。

尧帝从诸多方面考察舜。舜耕田、打鱼、制作陶器，事必躬亲，每一项都做得非常出色。于是，尧帝把帝位禅让给了舜。在舜帝领导期间，政治清明，百姓安康，礼让之风盛行。

上古时，洪水滔天，淹没农田、房屋，带来巨大的灾害。为解救天下苍生，大禹治水十三年，三过家门而不入，率领先民历尽难以想象的艰难险阻，终于治平九州水土，恢复了家园。大禹表现出的勇往直前、百折不挠的精神，以及高超的智慧，实在令人惊叹。

看到大禹的成长，舜十分欣慰，最后把帝位禅让给了大禹。

在大禹的治理下，百姓安居乐业，社会繁荣安定。后来，大禹铸造了象征天下一统的九鼎。大禹东巡，逝于会稽山后，他的儿子启继承帝位，开启了夏王朝。

尧、舜、禹的故事，反映了上古先民百折不挠、英勇顽强的品格，蕴含着讲仁爱、重民本、守诚信、崇正义的思想，直到今天，仍闪烁着光辉。

尧

孝慈仁敬

1

当一面大鼓，迎着洁净的阳光立在宫门口时，初践帝位的尧不禁忆起他的身世。

他的母亲庆都生于斗维之野，长在三阿之南，传说一朵黄云时常覆护着她。黄帝的曾孙帝喾（kù），不禁悄悄爱上了这位姑娘，后来庆都便成为帝喾的四位妃子之一。

这年正月末初春时候，庆都正泛舟于家乡的粼粼河水之上，眺望着自幼令她心醉的风光。正午时分，小舟上瞬间形成了一股扶摇直上的龙卷风，恍惚中，一条赤龙飞舞其中。庆都怀了身孕。十四个月后的一天，庆都正在门前做陶器，忽然一阵腹痛，连忙返回屋内，生下了一个男孩。

这个孩子，便是尧，号陶唐，名为放勋，又称唐尧。

庆都十分注重孩子的培养教育。

尧自幼与母亲一样聪慧，又受母亲感染，爱看夕阳下的田野归牛，关心民间疾苦。

十余岁时，尧初封于陶，后受封于唐地为唐侯，以辅佐兄长挚。话说帝喾有四个妃子。帝喾元妃姜嫄之子后稷，为周族始祖，其后人姬发即周武王建立了周朝；次妃简狄之子契，为商族始祖，其后人成汤建立了商朝。末妃为娵訾（jūzī）氏之子，生子挚。挚在帝喾去世后，登上帝位。尧在封地明人察物，崇尚仁义，禁诈伪，正法度，那里的人民都安居乐业。

　　挚为政无方，百姓遭殃。于是，八方部族的首领，众口一声推举尧登上帝位。心系苍生的尧，年纪不大却已执政天下。他建都平阳，却依旧住在茅草屋里。

2

　　此刻，尧帝伫立门下，听着屋顶风吹茅草的簌簌声，忆起少年时光。历历往事，更让他决心大展宏图，励精图治，造福于天下苍生。

　　"咚——，咚咚——"宫门口突然响起急促的鼓声。

　　原来，尧命人竖立了一张大鼓，名字叫作"敢谏之鼓"，谁要是对他或国家有什么建议，随时可以击鼓。

一听见鼓声，尧连忙接见来客。只见一个农夫满头大汗地走进来，因为赶了不少路，草鞋前头戳了一个洞。他还在呼哧呼哧地喘着粗气，却迫不及待地说："咋办？这可咋办呢？历法失准了，田里的禾苗被耽搁了！农事被耽误了！苍天保佑啊！"

尧握住农夫的手，抚慰一番，让他放心自己一定会想办法。临走，还送了他一双新草鞋。看到农夫穿好新草鞋，在日光下踏上归程，尧才放心回屋。

3

这个夜晚，月明星稀。趁光端着一钵野菜粥，向尧的茅草屋走去。趁光是挚的旧侍，如今被派做尧的侍从。他比尧略小两岁，皮肤白皙。趁光绕过弯儿，登上黄土砌的台阶，踏入茅草屋门，一眼瞥见尧穿着平素那件破麻衣，正面对东壁，沉思着什么。屋东侧一截树桩上摆着一只黑

一听见鼓声，尧连忙接见来客。

陶盘，盘上刻画有朱红的符号。趁光为了不惊扰他，轻轻将野菜粥搁下。尧还是扭过头，关心地询问了一句："光，你吃了吗？"趁光答了一句准备吃呢，抬头瞅见凹凸不平的大梁，终于没忍住，将这几天憋在肚子里的话，一股脑儿倒了出来："无论如何，您是天下的首领，却吃野菜粥，穿粗麻衣，而且屋里的梁、柱，都只取一根原木做成，未免太寒碜了吧？"

尧微微摇头道："光，我住在茅草屋有什么不好？民生惟艰，我为什么要浪费天下的财物？况且，风拂重茅，簌簌发声，恍若我与父老乡亲们的耳语，这有什么不好？我陶唐氏，愿与众人同甘共苦。"

尧的话音刚落，一轮明月大如玉盘，照耀在门前，顿时屋内清辉洋溢。

那一刻，趁光忆起了什么。其实，他也曾度

过十载贫寒的日子。母亲产后即受风寒去世了，父亲又在一场横扫家乡的饥荒中早亡，是奶奶一把糠米一把泪苦苦撑持拉扯大了他。趁光似乎望到，远方的山隅，奶奶揉开酸涩的眼睛，又趁着门口的微光在陶纺轮前熬夜劳作，土瓶中灌了清水，斜插了一束她最爱的黄幽幽的小花。当尧说这一番话时，趁光仿佛看见那花蕊突然爆出五彩，让奶奶喜上眉梢。

像着了魔似的，趁光兀自立在柱下追忆。当尧劝他趁热快些吃饭，他才回过神来，答了一声是，眼噙热泪出去了。

下了土阶，趁光仰望着皓月高悬的夜空。日月东升西落，一年四季瑰美的星座秩序井然地移动着，深邃的夜空中，似乎正回荡着一曲明丽而恢宏的钟鼓乐。趁光只觉得自己从前的人生浑浑噩噩，今夜才找到了新的方向，不由双腿生风，走得飞快。

4

　　而尧帝，趁着月光，连夜叫来羲氏与和氏等一干人。今天敲鼓进谏的人中，竟有好几位反映历法不准，耽误了禾稼农事。这可是天下的头等要事，令他心中十分焦躁。尧帝仰头，指着苍苍茫茫的夜空，对他们说道："开天辟地，明星煌煌，天下的黎民翘首祈盼一部新历法啊！"尧帝命令羲氏与和氏，根据日月的出没，还有周天星辰的位次，总结出规律，严格制定历法，指导民众从事农业生产。

　　清晨，趁光睁开惺忪的睡眼，按着陪伴帝挚时的老习惯，将一大碗色泽乌沉的粥倒掉了。咣当一声，空碗撂下时，他才想起如今早饭只配一份，却也无可奈何了，只得抱腹打了一个盹。恍惚梦见，河旁烟雾缥缈中现出父亲，他追上去，父亲厉声喝道："尧勤于王事，已早行察访，你还赖在这里打盹！"趁光惊醒，果然听见尧唤他同行，外出察访，忙简单收拾了一个包裹，追了出去。

二人经过一片半地穴的屋子时，日头逐渐高了。趁光为早晨泼粥暗自懊悔，因为他已饥肠辘辘了，只好拿包裹捂住肚子，减少一点腹鸣的难受。在一棵大树下，尧听见一户人家传来啼哭声，不禁前去打探。屋内倒是洁净，筑屋时泥拌草的地面曾涂一层白灰，又焙烧得结实。只见一位老人在痛苦地呻吟，灶前一个年轻妇人不停地哭泣，原来家里早已断炊，甑（zèng）上都生尘了。短篱围拢的小院里，一簇花不问人情，枉自开得猩红炫目。

尧出了门，从怀中掏出食物，让趁光送去，又长叹一声道："天下一人饥，则犹如我身受饥饿啊。"

趁光又弯腰钻入矮门，望着瘦骨嶙峋的老

人，为自己早上泼掉一大碗粥懊悔得肠子都青了。自己只饿了一上午，便浑身疲软得难受，老人还不知饿了多长时间，更要命的是，不知下一顿在哪里，怎能不惶恐不安？

在一家人的千恩万谢中，趁光钻出屋门，吸溜一下鼻子，瞥见院中那一簇猩红的花，不觉羞惭，继续随尧赶路。

二人走到一口水塘前，已然晌午了。尧瞥见一个中年男子，穿一身极薄的短打衣衫，正偎着不远处的黄土墙根晒太阳，肩背处因平日搬运什物，一绺绺地撕开了。尧上前询问，男子一脸沮丧地说："时下天气转凉了，因家贫，深夜只盖一床薄被，四肢冰凉，想趁白天让太阳暖和一会儿身子，好抵挡夜里的寒气。"尧的双眉锁成八字，回到塘边。趁光还在为早晨泼粥的事自责，见了这种情形，一把将包裹打开，取出他为预防变天带的一身厚衣，走去送给中年男人。当他悄悄返回时，听见尧帝对着一塘粼粼的水波叹道："天下一人寒，则犹如我身受寒冻啊。"

尧得知趁光送衣，像一个亲切的兄长，欣慰地拍了拍他的肩膀。

恰在这时，水塘边来了一群木匠。他们才做完活，来水边的空地小憩。不一会儿，匠人们齐打节拍，唱起祈愿尧帝吉祥如意的歌子。尧不禁吃了一惊，让趁光前去探问。领唱的木匠说："我们给人家干木工活，许多人家要在梁柱或农具上刻一个圆圈代表太阳。人家都说，帝尧的仁德如天，智慧如神，接近他像太阳一样温暖人心，仰望他就像云彩一般覆润大地……"

两人默默离开了。

尧一大清早离开他茅草披覆的"宫廷"，一路上察访民情，耽误了晌午饭。这会儿，路旁人家的饭菜香味缓缓飘来，趁光已饿得腹内像蹲了一头小野兽，兽嘴一张一合，搅得他小肚子一起一伏。

又过了一会儿，午饭送了上来，趁光半垂下头，默诵了一句什么。那再平常不过的，甚至老让他心烦的谷粒，此刻却一粒粒晶莹丰润，比浩渺东海的珍珠还迷人。一碟小菜，也翠绿碧嫩，香气扑鼻。趁光吃了两口，一粒谷粒掉到碗边，他小心翼翼夹起来，送到嘴里。

二人未吃毕，便听得外面一阵喝骂声。原来一个犯了罪的人，反缚双手，正被人推搡着向前走。尧在门口伫立良久，微抬起头，向苍天叹道："一人有罪，也是我不善教化，才使他堕落到这个地步啊。"

尧出得门来，向前又经过一片屋子后，树木逐渐稠密了，水声隐隐可闻。一株冠盖繁茂的老树下，转出一个老者。老者虽眉须皓白，却鹤发童颜，精神矍铄，向尧略施一礼，似乎知道他的身份。

尧恍惚觉得在哪里见过他，一时又想不起来。瞅到老者左耳下一颗痣时，才想起一次梦中，曾攀上一个山洞拜谒过老者，还在叮咚滴水的石几旁，听了一曲妙不可言的音乐。尧忙上前深还一礼。

老者抚须道："孝慈仁敬的尧啊，你有顺天应人的美德，能使自己的九族亲善。九族亲善后，又进一步治理朝廷百官。等到百官的职责明确又能各司其职时，又进一步使天下万国变得融洽和睦。"

尧后退一步，表示不敢领受。

老者手指苍穹，又说："昊天的大幕已徐徐开启了！四方皆有精研覃思而忠心耿耿的守护者，八方的青青垄下，天下的农夫该有信心了。"

尧心中一动："怎么，昨夜安排的国事，老人家如何知晓？"

见尧不无疑惑，老者微笑道："你安排羲仲住在郁夷的旸谷，让他虔敬地迎接日出，分派人们准备春季的耕作。瞧，每当白昼与黑夜的时段一样长，东方七宿中的鸟星出现在正南方，便确定这一天为春分。这时候，人们分散劳作，鸟兽交尾繁殖。是吗？"

"是啊。"尧不无惊讶地答道。

"你又任命羲叔住在南方的交趾，让他督管南方民众的农事安排。每当白昼最长时，心宿出现在正南方，便确定这一天为夏至。这时候，老弱到田里帮助农活，鸟兽毛羽稀疏。是吗？"

"是啊……"

老者口若悬河，滔滔说道："你还任命和仲居住在西边的昧谷，在那里敬送太阳落下，安排秋天的收获劳作。当黑夜与白昼一样长，虚星出现在正南方，便确定这一天为秋分。此时人们平和快乐，鸟兽再生新毛。你又任命和叔前往北方的阴气聚集之地，安排好人们的收藏。当白昼最短，昴（mǎo）星出现在正南方，便确定这一天为冬至。此时人们穿着保暖的衣服，鸟兽长满厚厚的羽毛。你确定三百六十六日为一年，又设置闰月以使四时不至于错乱。然后，你——帝尧，申明纪律约束百官，瞧，各方面都呈现兴旺发达的景象了。"

这一回，尧准备问个明白。

"天下幸矣！"老者朗声大笑，人已转入丛林，踪影难觅。

击壤之歌

1

翌日清晨，朱车白马，尧帝又偕同趁光，去更远的地方察访了，直到天色趋黑，才返宫。

月升东山，趁光又去送野菜粥，尧帝喝了一口说："光，这些天你也辛苦了。"趁光跪下说："您勤一人而利天下，能为国效力是我今生的福气。"然后他起身，盛赞"敢谏之鼓"的设立顺民意，得民心。

尧帝却微微摇头说："这还不尽美……"

第二天一早，尧帝又派趁光在交通要道设立"诽谤之木"，即埋上一根木柱，民众可以向柱旁的看守陈述意见，如愿去面谈，看守将给予指引。这下，更方便人们进谏了。

2

一天，平阳城外的一条河泛滥了，尧帝亲率民众保卫家园，一直忙到天黑。不知何时，岸上有一支火把为大家照明，尧帝忙于处理各种事务，也未细瞅，在趁光的提醒下，才发现火把由一个美丽非凡的女子手擎着。

那个夜晚，尧帝与大家一起宿在野外。他望见举火把的女子，冰肌玉肤，巧笑倩兮，步履姗姗向他走来，走到离他不远处的一株常青树下，却停住了。见尧欲问，先轻启朱唇，介绍自己住在姑射山中，往来于瀑烟溪霞中，人唤鹿仙女，并邀请尧入山一游。尧起身答谢，才发现是自己倚石做了一个梦。再闭阖双眼时，先前那眉须皓白的老者，又向他走来，告知他鹿仙女好济危扶困，曾为民除害，将兴风作浪的黑龙降服；听说他设谏鼓，立谤木，愿为平阳城外的水患助一臂之力。

天一亮，尧独自一人上了姑射山。他攀藤援萝，在云缠雾裹中，登到仙洞旁，远远望见林边灵草上一个女子一忽儿腾空，一忽儿遁地，身边有一只小鹿相伴。尧健步向前，发现正是举火把的女子，她明亮的眼睛散发出山野的纯朴，更让尧倾慕不已。待尧走近时，鹿仙女将木梳向树上一扎，又嬉笑着转到另一株树后。帝尧也微笑着追赶，不觉来到僻静处，山谷中猛然窜出一条巨蟒，昂首向尧扑来，帝尧后退不及，被地上的草丛绊倒。

危急时刻，鹿仙女一个箭步跃到尧身前护住他，反手一指，只见那巨蟒浑身颤抖，瘫软在

尧登到仙洞旁，望见林边有一个女子，身边有一只小鹿相伴。

地，按照指令向山谷中退去。帝尧惊恐之余，一再感谢鹿仙女的救命之恩。二人相随回仙洞的途中，互诉衷情，当夜帝尧留住仙洞。第二天鹿仙女领帝尧游山观景，指着闪闪发光的大镜石说："我对着它整理容妆。"走到山涧下的石台边，又说："我常坐在这儿梳理乌髻。"又向对面岸上的层层云阶一指，说："喏，这里人称仙梯，我时常拾级而上。"最后，鹿仙女说她常骑黑龙去后沟的龙须瀑沐浴戏水，沉浸于自然，喜欢自由自在的生活；但自从见到尧后，打心眼里钦佩他匡扶天下的大志，愿扶助他光大鸿业。帝尧十分欣喜，二人遂订立婚约。

一个吉日，双方好合于仙洞之中，以洞为新房，对面的山上光华四射，照耀得南仙洞如白昼一般。

此后，尧帝率民夫在平阳城外治水时，鹿仙女伴随在他身边，天黑了便高举火把。

俗话说，好花不常开，好景不常在。

姑射山北仙洞一带，原有帝尧的牧马场。一天，鹿仙女听说一只巨蟒在牧马场吞食牧民，心想一定又是黑虎仙作怪，于是一剑刺喉降服了恶蟒，在山上留下巨蟒窟。黑虎仙脱身而去，想方设法谋害鹿仙女。鹿仙女只得向天帝告发，天兵天将捉拿黑虎仙后将其压在东南的山丘下，是为卧虎山。谁料，天帝同时又惩罚鹿仙女，让她与帝尧割断尘缘。鹿仙女无奈，从此隐居深山。

尧帝在姑射山上撕心裂肺地呼唤。风声低回，叶声簌簌，一丝丝一缕缕，就像传来鹿仙女悲伤缠绵的歌声。

3

帝尧执政期间，农业取得了飞跃的进步，政体初现，百工俱作，一片繁荣景象，人民言笑晏晏。

尧同父异母的兄弟后稷从小爱树艺五谷，成人后更是农艺精湛，尧帝便让后稷辨五土，教天下的民众种植与收割等农事。

尧又请契，也是他同父异母的兄弟，和合五教，敦化人伦，使人们懂得父义、母慈、兄友、弟恭、子孝的道理。

尧帝知人善任，还有一些人也被尧帝所举用。臣僚们像众星拱月一般，集聚在他身边，夙夜为公，都想建立一番彪炳千秋的功业。

一眨眼，春风已习习，大乐正来宫中献新近制好的《大章》乐。此乐承上古黄帝之乐，彰明尧帝之日月仁德。乐声一起，巍巍高山、淙淙流水、茂草碧林、千峰万壑，与无法描摹的云根雨穴万籁之音，交织回鸣于耳廓，又萦萦绕梁不绝。上帝的琅琅玉磬之音，也似沉浮其中，让在场的每一个人都屏住了呼吸，沉醉不已。

即使如此，尧帝还担心野有遗贤，不辞旷野风霜的侵袭与跋山涉水的辛劳，离宫访贤。趁光记得，尧帝是那么谦恭，至公礼贤，以学生之礼，陆续拜谒过方回、善卷、披衣、许由等人。趁光每次随尧帝察访，都感到荣光。

有一天，一位老人拿着一只木壤（前宽后窄，形状如鞋履的木制品），击打三四十步开外的另一只木壤，一边悠闲地做击壤之戏，一边自由自在地唱道："日出而作，日入而息，凿井而饮，耕田而食，帝力于我何有哉！"趁光不觉撇起嘴。一旁的尧帝却怡然而笑道："人民安泰自如，这不正是吾民的福气吗？"

国家蒸蒸日上，越来越兴旺发达，而尧的茅草屋、粗麻衣还是老样子；冬天寒冷的日子里，加披的一件御寒的鹿皮衫，也还是老样子。

然而，这朴陋的茅草宫前，有一天景星炳曜、甘露被野，同时神禾滋苗、凤出巢阁……

"光，"尧帝伫立在土阶上，热泪盈眶地握住趁光的手，叮咛他，"天下农夫有福气了，你一定要爱护台阶上新生的蓂荚（míng jiá）。你瞧，蓂荚每月从初一至十五，日结一荚，从十六至月终，又日落一荚，天历蔚然，可谓珍奇的历草了。"

而那一夜，最让趁光难忘的是，月儿又冉冉升上东山，他踏入尧帝的茅草屋，将一只土钵放入屋中时，又发现生出一种叫萐莆（shà fǔ）的草，扇子一般叶旋生风，扇却暑气，驱杀了蚊蝇。

这对节俭惯了的尧帝来说，是多么合适呀。

树下的老奶奶，早被趁光接来平阳，由他节

衣缩食地赡养。像每一个花甲老人一样，奶奶平日拄杖于外，步履蹒跚，老有路过之人，殷勤上前招呼着扶上一把。

岁月流逝，尧帝已执政数十载了。

4

然而尧，也有一件难以释怀的伤心事。儿子丹朱，为散宜氏所生，一副不成才的样子，可没让尧少费心思。

一次，尧发现丹朱总是自己做游戏，便命人专门造了围棋，将天地人的道理寄寓其中。那是雨后初晴的一天，丹朱钻入尧的屋子，发现一块光滑的木板，上面画成方格，更有许多黑黑白白的小圆木块，活像一个个士兵在棋盘边站岗，不觉兴致大发。尧帝心下大喜，每天挤出一点时间与丹朱对弈。棋盘上的丹朱，恍若明白了人世的道理，然而一出门，又重演恶习了，把母亲散宜氏生生气出一场病来。

5

黎民的生存，总是面临难以预测的挑战。当一场大旱袭来，焦庄稼，杀禾苗，爱民如子的尧帝，立即派遣神箭手后羿驱逐了旱魔。

尧年事渐高了。谁知，又遇上一场千年未遇的洪水。

一次群臣集会上，尧问："谁可以继承我的事业？"放齐说："您的儿子丹朱通达明智，可以继承。"尧不由心中一痛，微垂下头，却十分坦诚地说："丹朱么，他这个人愚顽、凶狠，不可用。"尧又问道："那么还有谁可以？"讙（huān）兜说："共工广聚民众，兴办事业，他可用。"尧说："共工好夸夸其谈，用心不正，貌似恭敬而实则傲慢，不可用。"尧又向四岳道："唉，如今洪水滔天，浩浩荡荡，包围着高山、淹没了丘陵，民众万分愁苦，可以派谁去治理呢？"大家都说鲧（gǔn）可以。尧说："鲧常违抗命令、伤害同僚，不可用。"四岳都说："他好像不像您说的那样。就任用他吧，试试不行，再把他撤换好了。"尧只好应允。

有时，尧帝忆起年轻时邂逅的那眉须皓白的老者，不免唏嘘。尧帝登上云雾笼罩的高山，欲将帝位禅让给德重才高的隐士善卷，善卷推辞："天下已大治，我不必离开林薮了。"尧帝欲禅位许由，许由避入箕山，尧帝又想请他做九州长，许由洗耳于颍水边，表示不愿污了耳朵。每个人都怀着各自的志向，强求不得。

果然，尧帝有先见之明。鲧治水不利，几年过去了，天下依旧水患不断，民众苦不堪言。

一个夜晚，尧独自一人出了宫，登上观象的高台，仰望灼灼闪光的北斗七星。三百六十度的周天星座，呈现出神圣壮丽的图案，有条不紊地随季节缓缓移动着。如何将上天的深邃心音，彰明于四海众生；又如何将上苍的好生仁德，流布于世道人心呢？

"民生多艰啊。"尧帝喟然一声长叹。明日冬至，要率群臣隆重地祭祀上天，祈愿佑护吾民。

不久，尧帝又召开了一次会议，寻找接班人。

众人皆对尧说："若论民间，有虞氏有一个叫舜的，年纪轻轻就有高德。"尧说："对啊，我听说过，他这个人怎么样？"四岳回答说："他乃盲人之子，父亲愚顽不讲德义，母亲暴虐不讲慈爱，弟弟狂傲无礼，而舜却能与他们和睦相处，尽孝悌之道，能温厚善良地感化他们，不和他们起冲突。"尧说道："那我就考验考验他吧！"

于是尧把两个女儿娥皇与女英嫁给舜，通过舜对待娥皇、女英的态度来观察他的德行。

舜

孝悌有闻

1

美丽的妫（guī）水不知流淌了多少年。舜，就生在这片水草丰美的姚墟。

舜生在有虞氏部落，姚姓，名叫重华。重华之父为瞽（gǔ）叟，瞽叟之父名桥牛，桥牛之父名句望，句望之父名敬康，敬康之父名穷蝉，穷蝉之父便是颛顼（zhuān xū）帝，颛顼的父亲是昌意：从昌意至舜已然七代了。

金秋的一天，天空一碧如洗，瞽叟的妻子握登突然看到一条七彩斑斓的长虹从高空飞扬而下，她顿时心醉神迷。不久握登怀孕了。

秋高气爽，庄稼丰收在望，妻子又怀有身孕，瞽叟喜不自胜。

次年五月，握登生了一个男孩。婴儿天庭饱满，更奇的是一双明亮的大眼睛竟是双瞳。瞽叟夫妇喜得合不拢嘴。当年，姚墟上开着一种十分秀美的木瑾花，又叫舜，夫妻俩便给可爱的孩子取名舜，因目含双瞳，又名重华。

有虞氏曾世代为乐官，瞽叟从小濡染，琴艺精熟。聪明的舜，三岁上就陪伴父亲弹琴，一家三口其乐融融。

然而好景不长。有一天，童稚未脱的舜，发现家里围着一群哭哭啼啼的人，立刻飞跑而入，才知亲娘握登去世了。他哭得昏天黑地，伤心不已。

不久，父亲瞽叟又娶了后娘滋女，生下弟弟象。后娘不喜欢舜，连带着父亲也嫌恶他。但舜一如既往地孝敬父母，爱护弟弟。

2

一晃舜二十岁了，孝悌之名传播开来。尧帝将女儿娥皇、女英嫁给了舜，又派九个儿子和舜共处，来观察他的为人和能力。

青春年华的舜，做事已然令人信服。天仙般的娥皇与女英，嫁到妫水边舜的家里，不知不觉中便被舜的人格感化了。

舜领着新妇，拎着礼物，回家看望父母，希望一家人共享天伦之乐。瞽叟与滋女见舜有发迹之象，便松了口。

娥皇、女英丝毫不自恃出身高贵，每日真诚

侍奉着瞽叟夫妻俩。一转眼冬深了，滋女患了一场重病，一卧倒便一月有余。娥皇与女英商量好了，夜里轮流照顾婆婆。一个寒风凛冽的深夜，滋女喉头烧灼，唤了一声水，女英正守在旁边，连忙去厨房烧了水端上。好快呀，滋女估摸着已快凌晨了，暗自奇怪她们怎么夜夜都不困倦呢。滋女哪里晓得，为照顾好她，姐妹俩夜里每隔半个时辰，便蹑手蹑脚出屋，用冷水沐面以驱赶困意，保持清醒。

含儿是舜一起长大的好伙伴。娥皇、女英还向含儿的娘妙珍学了一手按摩的功夫，好给婆婆按摩，缓解她身上的病痛。

滋女病愈时，娥皇、女英全都瘦了一圈。

她们的兄弟，尧的九个儿子伴舜在外，也更加笃诚忠厚。

3

舜在历山耕作，历山人都互相谦让田界；在雷泽捕鱼，雷泽的渔民都互相谦让住处；在黄河岸边制作陶器，那里的陶器都精致结实不易坏。舜在哪里住上一年，那里就会形成村落；住上两年，那里就成为市镇；住上三年，那里就变成都城了。

后来，尧帝也知道了，十分欣慰，赐给舜一套细葛布衣服、一张琴，为他修建储藏粮食的仓廪，还赐了牛和羊。

一家人本该怡然度日了，但愚顽的瞽叟与滋女，又开始嫉恨昔日的穷小子舜，起了杀舜之心。

一日，瞽叟让象传话给舜，让舜登高去用黄泥修补谷仓。舜顶着呜呜作响的风，正在仓顶涂补时，瞽叟从下面放起熊熊烈火。舜大声喊道："爹爹，你这是干什么呀，快把火熄了啊！"

火随风势，越来越大。舜举着两个斗笠保护着自己，像长了翅膀一样跳下来，落地时竟然毫发无损。

一灾方消，又来一祸。没多久，瞽叟又让舜挖井，舜就在侧壁凿出一条暗道通向地面。舜挖到深处时，瞽叟和象一起往下倒土填埋水井，舜从旁边的暗道出去，又逃开了。瞽叟和象以为舜已经死了，很高兴。象说："最初出这个主意的是我。"象跟他的父母一起瓜分舜的财产，说："舜娶的尧的两个女儿，还有尧赐给他的琴，我都要了。牛羊和谷仓都归父母吧。"象于是住进舜的屋子，弹着舜的琴取乐。舜回来后，象惊愕得嘴都合不上了，继而尴尬地说："我正在想念你呢，想得我好伤心啊！"舜说："是啊，你可真够兄弟呀！"

舜依旧像以前一样侍奉父母，友爱兄弟，而且更加恭谨。

过了一阵子，尧试着让舜去制订"五常"（指父子有亲、君臣有义、夫妇有别、长幼有序、朋友有信）之规并付诸实行，并让他入朝治百官之事，没有一件不让尧满意的。

尧帝十分谨慎，又让舜在明堂（古代帝王宣明政教、举行典礼等活动的地方）四门接待宾客。结果，四门处处和睦，各地来的诸侯、使臣、宾客都恭敬有礼。

4

一天，含儿背着一包谷粒，从家乡姚墟来看望舜，说母亲妙珍还有乡亲们都要向舜致谢。门外响起一个洪亮的声音说："哈，让我也听一听。"原来尧帝离宫察看郊野禾苗，不觉行到舜的门前。含儿饮了水，一一道来：往昔高阳氏有德才兼备的子孙八人，为世人造福，被称为"八恺"，意思就是八个和善的人。高辛氏亦有富于德才的子孙八人，世人称之为"八元"，即八个善良的人。这十六个家族，世世代代保持先人的美德。尧没有举用他们。舜举用了"八恺"的后代，让他们主管水利、农作诸事，结果都管理得有条有理。舜又举用了"八元"的后代，让他们向四方传布五教，父义、母慈、兄友、弟恭、子孝，使百姓家庭和睦，国内太平，四周夷狄归化。

往昔帝鸿氏有个不成才的后代，好行凶作恶，袒护坏人，天下人称他为浑沌。少暤（hào）氏也有个后代，毁弃信义，厌恶忠直，粉饰错误，诽谤他人，天下人称他为穷奇。颛顼氏有个后代，不可调教，好赖话不听，天下人称他为梼杌（táo wù）。这三族，成为世人的祸患。到尧的时候，并没有除掉他们。缙云氏亦有个不成才的后代，贪饮食，图财货，简直太贪得无厌了，天下人称之为饕餮（tāo tiè）。世人憎恨，并称他们为四凶。舜为了能敞开国都四门迎接四方宾客，流放了这四个凶顽的家族，把他们赶到了边远之地，去抵御害人的妖魔。从此四门大开，大家奔走相告，都说没有恶人了。

含儿又饮了一口水润润嗓子，接着讲："乡亲们听说贤良得举，尤其四凶被大舜哥驱逐了，高兴得泪珠都掉下来了。我最恨穷奇了，自幼听说它是一只似虎的猛兽，胁下生翅，能飞升于天，常飞下来扑抓人吃；见人打架，便吞下那正直有理的一方，某人忠诚老实便咬掉其鼻子，一听说某人作恶，反而捕杀了野兽前去馈赠。作恶多端，如今罪有应得！"

尧帝喜欢这个率直的小伙子，便问含儿："你愿留下来，给大舜哥做助手吗？"

啊，自己也能为天下黎民做一点儿事了。含儿激动不已，忙点头道："太好了，我娘一定也会高兴的。"

巡狩四方

1

为天下苍生选一个合适的继位者，是多么不容易！尧帝又让舜视察山川草泽。舜行在其中，忽然狂风四起，电闪雷鸣，一股无法形容的令人恐惧的死亡阴影笼罩了他。不久，大雨又倾盆而下，夹杂着野兽的嗥叫，冷酷无情的荒野不给行人留一丝希望。但舜沉得住气，镇定自若，加上机智果断，最终没有迷路误事。

尧更认为他具备出众的智慧与道德。

这时候，尧帝对舜的考察，一晃已经三个春

秋了。尧帝便把舜叫来说："三年了，你做事周全，言出必行，可以登天子之位。"舜一再推让，都没有成功。正月初一，舜在文祖庙接受了尧的禅让。

尧帝鬓发已落霜，让舜代行天子之政，这是最高的考验，借以观察他做天子是否合乎天意。

夜空上靠近北天极的地方，有一颗灼灼闪亮的星，叫北极星。它几乎正对地轴，位置始终不变，华夏先民认为它是天之中枢，称为紫宫，三百六十度周天的星辰皆围绕它左旋。

离北极星不远处，有七颗星活像一个舀酒的斗，便是北斗七星了。每当斗柄指东，天下皆春；斗柄指南，天下皆夏；斗柄指西，自然天下皆秋；而斗柄指北，天下皆冬了。

舜首先观测了北斗星，来考察日、月及金、

木、水、火、土五星的运行是否有异常。紧接着，他敬拜上天，禋（yīn，祭祀）于六宗，让人在高处点燃柴堆，先以柴上的烟气，后以玉帛等物在柴上燔（fán）烧来祭祀浩浩天地与四时。随后，舜以遥祭的形式，庄重祭祀了名山大川及各路神祇（qí）。

2

含儿追随着舜，学到了不少令他称奇的知识：从北斗斗口的天璇星起，穿过天枢星，再延长五倍距离，便找到了北极星。含儿觉得多么神妙啊。北斗七星的瑰丽的名字，也让他心醉不已——斗身为天枢、天璇、天玑与天权，斗柄为玉衡、开阳与摇光。

这段日子里，舜选择吉日召集群臣百官，把各位诸侯所持的桓圭、信圭、躬圭、穀璧、蒲璧五种玉制符信，收集起来复核一遍，重又颁发给他们。

二月，大舜去东方巡视，他登上泰山，用燃柴的仪式祭祀东岳，又遥祭了各地的名山大川。紧接着，舜又召见东方各诸侯，向诸侯们颁布了新历法，又统一了乐律和度量衡，制定了吉、凶、宾、军、嘉五种礼节。

含儿记得十分清楚，不同等级的诸侯用五种圭璧、三种彩缯（zēng），卿大夫用羊羔、大雁两种动物，士用死雉作为朝见时的礼物。而五种圭璧，朝见典礼完毕以后仍还给诸侯。

五月，舜到南方巡视；八月，到西方巡视；十一月，到北方巡视：都像起初到东方巡视时一样。

回来后，大舜告祭文祖庙，又用一头公牛作祭品。

以后每隔五年，舜都会巡视一次，其中四

大舜用燃柴的仪式祭祀东岳，又遥祭了各地的名山大川。

年，各诸侯按时来京师朝见。舜向诸侯们宣讲治国之道，根据功绩考察诸侯，根据功劳赐给车马衣服。

舜开始把天下划分为十二个州，并疏浚河川。

3

秋风袅袅的一天，含儿行于市井，瞅见一个蒙着黑头巾的人，无比羞惭地逡巡而过。他买果子时又瞥见一个衣服染画、与众不同的人，深埋着头，更加羞惭地走远了。

含儿听说，三苗君主施行五种残酷的肉刑，在人的额头上刺图染墨，砍脚，割鼻，还有宫刑与死刑。那天傍晚，含儿忍不住问大舜："为什么我们对犯了罪的人，要用蒙一块黑布代替墨刑，用画衣裳、异章服来代替杀戮呢？"

舜正在思考诸侯国的事，听见含儿的话，颇认真地问："假如你有小过失，想不想有一个改过自新的机会呢？"

含儿由衷地点头，脸涨得通红。前几天，因为工作中的失误，舜训诫了他，不过，舜给予的纠错机会，含儿觉得分外珍贵。

"是啊，"舜说，"一个人犯了罪，就被刺了面，或砍了双脚，割了鼻子，即使有重新做人的心，不是也白费了吗？"

在舜之时，用象征的方式代刑，民不敢犯。此外，还用流放的方法宽减刺字、割鼻、断足、阉割、杀头五种酷刑。那时候，对因过失而犯罪的人，可以宽恕；而对那怙（hù）恶不悛（quān）、屡次为害的，则严加惩罚。

百官时常听到舜说："谨慎啊，必须谨慎，一定要审慎地使用刑罚啊！"

尧帝执政期间，讙兜曾举荐共工做接班人，尧认为不行，却还是试用他做主管土木的工师，共工果然骄纵邪恶。当浩浩洪水来了，四方诸侯之长曾举荐鲧治水，尧认为不妥，后来鲧治水果然一无所成，使黎民大受其害。同时，三苗又在江淮及荆州一带多次作乱。

大舜一次巡狩归来，忧心国事，车马未安顿，便要去见尧帝。含儿想留舜喝一口粥再走，也没拦住他。舜向尧帝汇报时，面有忧色，建议把共工流放到幽陵，以便同化北狄的风俗；把讙兜流放到崇山，以便同化南蛮的风俗；把三苗迁徙到三危山，以便教化西戎的风俗；把鲧流放到羽山，以便改变东夷的风俗。大舜惩办了这四个人，天下人没有不心悦诚服的。

分授百官

四野的哭声袅袅不绝，化成灰褐色的云，几乎遮蔽了太阳。

原来，尧帝在位七十年后确立了继承人舜，又过了二十年退居二线，让舜代行天子之政，以观天命。如今，尧离开帝位二十八年后驾崩了，哀哀欲绝的黎民们，那悲痛的情形，如同亲生父母去世了一般。

含儿忆起尧帝的音容笑貌，也甚是悲伤。

慢慢的，三个春秋过去了。含儿记得，为了悼念帝尧，三年之内，四方各地没一个人演奏音乐。

尧十分了解儿子丹朱的脾性，认为他不成才。苍老的尧曾经说过："无论如何，也不能使天下人遭殃而只让一人得利。"那一夜风声环耳，谁都知道尧帝说的是丹朱。尧帝最终决定将天下禅让给舜，因为舜登帝位，天下人都能得利，而只对丹朱一人有损。

为尧帝服丧三年后，舜为了把帝位让还给丹朱，自己躲到了黄河南岸。

结果，可把负责接待的含儿忙坏了。诸侯都去朝觐（jìn）舜而不去丹朱那儿，打官司的也不去找丹朱却来找舜，人们都歌颂舜而不歌颂丹朱。舜说"看来一切都是天意啊"，于是回到京师，正式登上天子之位。

"南风之薰兮，可以解吾民之愠兮。南风之

时兮，可以阜吾民之财兮。"传说，舜帝曾弹着五弦之琴，而歌《南风》之诗呢。

若说禹、皋陶（gāo yáo）、契、后稷、伯夷、夔（kuí）、龙、倕、益、彭祖等人，从尧的时候就都得到任用了，却一直没有明确的职责分工。于是舜就在文祖庙召集四方诸侯领袖商议，同时打开京城四门，广迎四方贤人，听取大家的意见。

舜对四方诸侯领袖说："有谁能光大帝尧的事业，我将让他担任百官之长，辅佐我治理天下，有吗？"四方诸侯领袖说："让禹担任司空一职，一定能光大帝尧的事业。"舜颔首道："好！禹，你去负责治理洪水及整治有关水土的事吧，一定要恪尽职守啊！"

大禹向舜帝叩头拜谢，并说自己无法胜任如此重要的工作，欲让给后稷、契和皋陶。舜帝说：

"不用推辞，这事还是你去干吧！"

紧接着，舜帝任命后稷主管农事，负责安排种植百谷，防止百姓们挨饿受饥。

同样，舜帝对契说："百姓不睦，五伦不顺，任命你做司徒，去谨慎地以五伦教化百姓，哦，契，你要注意施以宽厚。"

皋陶后世被称为狱神，人们常常将他与一只灵性十足的善于分辨曲直的独角兽獬豸（xiè zhì）画在一起。传说，当人们发生纠纷，獬豸的角能指向无理的一方，甚至会将罪该万死的人用角抵死，令犯法者不寒而栗。此刻，舜任命皋陶为法官，告诉皋陶要辨明事实，根据罪行轻重，适当量刑。

最后，舜帝又殷殷叮嘱了皋陶一句："你要记住，只有公正严明，才能使人信服。"

舜帝向周围扫了一眼，继续问："那么，谁能管理土木建筑及手工制作？"大家都说倕可以。

舜帝又问："谁能管理山林河泽？"大家都说益可以。于是舜帝任命益主管林牧。益下拜叩头，想推让给朱虎、熊罴（pí）。舜帝说："去吧，益，你完全能胜任。"并安排了朱虎、熊罴做他的助手。

在众人的推荐下，舜帝又任命伯夷主管礼仪，叮嘱他一定要早晚虔敬，无论朝中庆典还是郊庙祭祀，都要思虑纯正，肃穆庄重。

伯夷想推让给夔、龙。舜帝说："这样吧，我任命夔为乐官；让龙收集朝野言论，务必诚实不虚。"

最后，在会议即将结束时，舜帝万分庄重地说："你们二十二个人，要谨守职责，做好分内之事，不要辜负我对你们的厚望啊！"

那时候，舜规定对诸侯百官每三年考核一次，依据三次考核结果，决定升迁或者贬黜。于是无论远近，分工诸事全都蓬勃开展起来。

冬日的一天，瞽叟在家门口望见旌旗上的流苏飞扬，晓得舜来了。舜帝虽登了天子位，来探望父亲的时候，依旧和悦恭敬。愚昧顽固的瞽叟，到这时，终于被德翔云天的舜感化了。

禹

受命治水

1

当工地上的人渐次安静下来，西天已泛出橘红色的霞光。大禹回到石堆下，缓缓坐到一块圆石上，像一个疲惫至极的远行者，头埋至膝下，肋骨边因劳作撕裂的布条，兀自在冰凉的风中乱甩着。妻子女娇递上精心制作的食物，大禹平时最爱吃，此刻却一口也咽不下。

治水过程中的一幕一幕，正在禹的脑海里，在汹涌的河水上随波翻腾。

往昔，黄帝居轩辕之丘，娶西陵氏之女，是

大禹回到石堆下坐下，平时最爱吃的食物，此刻却一口也
咽不下。

为正妃嫘（léi）祖。嫘祖为黄帝生了两个儿子，长子玄嚣，降居江水，次子昌意，降居若水。昌意生了颛顼，颛顼生了鲧。

鲧娶了有莘氏的一个姑娘女嬉，女嬉游山时，吞了果仁似心形的薏苡仁，结果怀孕了，生下后来的大禹。

当尧帝在位的时候，发生了大洪水。滔天的洪水浩浩荡荡，包围了高山，漫上了丘陵，人们无不为此忧虑煎熬。被洪水吞噬的人不计其数，幸存者有的在裸露的山顶忍饥受寒，悲痛欲绝；有的尽管年老体弱，也不得不像猴子一样攀上树枝，梦中也惊恐万分。草木疯长，五谷不生，野兽的嚎叫充斥耳边，人一不小心就会被吃掉。尧夜不能寐，寻找能治理洪水的人，四岳推荐了大禹的父亲鲧。

大禹坐在圆石上，埋头沉思。父亲历时九

年，堵塞河道，修筑堤防，未能治水成功，遭到惩罚，命殒羽山。

父亲鲧的血的教训，让大禹锥心刺骨，深刻认识到治理洪水仅仅用堵塞的办法，是决然行不通的。

2

先是林梢，接着灌木丛上掠过了晨曦。

东方一千道霞光，笼罩着伫立在山岩上极目远眺的大禹。他左手紧握准绳，右手执着规矩，背上还交叉斜挂着测定四时八方的工具。

这魁梧坚毅的背影，让女娇望得发怔，甚至难以置信，因为不远处，山谷里的洪水传来巨兽一般的咆哮，晦暗的半个天空，似乎要轰的一声坍塌下来。此刻，她千真万确体察到人的渺小。

大禹陷入了回忆。

尧帝去世后，四方诸侯向舜帝举荐禹当司空，以光大尧的事业。

禹叩头谦让。

舜帝知道，这些年来禹跟随父亲治水，已积累了不少可贵的经验，他为人又聪敏机智，吃苦耐劳，仁爱可亲，言语可信，坚持任用了禹。

受命的那一天，到了深更半夜，大禹仍辗转反侧，难以入眠。银白的月光掠过一重重披盖屋顶的茅草，洒入窗内。忆起因治水无功而遭惩罚的先父鲧，大禹只觉心窝里一阵难受，再也躺不住了。他披衣起床，走到屋门，又返身洗了双手，换上一件粗麻衣，郑重舀了一杯清水，这才推开屋门。

屋外的空地敞亮,一株冠盖繁密的大树下,大禹向皓月缓缓举起水杯,良久没有放下。他无比郑重地发下誓言:一定劳身焦思,不敢一日懈怠,治平滚滚洪水,为天下谋求长久的幸福。

大禹记得,发誓完毕后,一只银羽鸟从树冠上飞腾而起。

此时女娇凝望大禹,鼻头又不禁一酸,昨晚错开的河道边,大禹只扒了一口饭,今儿一大早又登山测度,他的身体怎么受得了啊!女娇埋头,从竹篮中取出一钵黄津津的小米粥,又掏出一小钵小菜,打开套上保温的草袋。

大禹依旧沉浸在回忆中。

3

他穿上起誓时的粗麻衣,向着远方出发了。

大禹向皓月举起水杯，郑重地发下誓言。

他率领随从登上一座座高山，竖立表木，观测日月星辰，勘察大地的形势，不知闯过了多少难关。多少个夜里，临睡前，他遥望众生栖息的平原与山麓后，向月亮深深一瞥。

从积石山疏导黄河下来，一路更是充满惊涛骇浪、艰难险阻！旷野的风，时常像鞭子一样抽得脸颊生疼。然而，哪一次他没有吃苦在前，身先士卒？秋去春来，哪一次不是大家众志成城，攻坚克难，才一路疏导到此？

大禹扭过头来，山谷传来某种声音，断断续续的，恍若一曲比洪水更浩荡的歌。不，如今就是有天大的困难，也一定要前进，前进，挺直腰杆撑过去！

想到这儿，大禹准备吃一口饭，再同伯益及随从们登山测度。

4

又是一个破晓时分。叮当，叮当，山谷里传来阵阵砸击声。大禹瞥见不远处一个汗涔涔的人被人押着走，便过去询问是怎么一回事。押他的一个人报告说："他已被提醒三次了，依旧不按要求的动作开凿。"

大禹瞅了一眼，原来是望趾。大禹记得在壶口时，望趾即使生病了，依然勤谨地劳作。此刻，他压低了嗓音问："望趾，你做了什么？"

望趾诚恳地答道："这两天，我琢磨了这一带的石质，再加上天然地势，用一种新的方法开凿，进度能够加快一点。今天，我尝试了一下，因为好使，便改用了这种凿击法。"

"噢？"大禹来了兴趣，马上跟着望趾过去观摩。他专心致志听望趾讲解，瞧着他一板一眼的操作，不觉高兴起来，拍着他的肩膀说："银鹊啼扶桑，喜兆现锤头，今天，真得好好向你学习。"

望趾脸红了，直摆手。

大禹扭头吩咐领队："以后不要拘泥，不管谁有了好招儿，随时报上，切实可行便可推广。再有，我们遇事问得更清楚一点，好不好？"

领队不无惭色地答道："是。望趾没说错，您是灾民的福分，有您在，一定会激励出更多人的好招儿。"

忽然，大禹觉得一下子浑身凉快了。一仰脸，头上罩了一片偌大的叶子伞。

"小鬼头，你又哪儿耍了？"大禹猛一回身，捉住了垄儿。垄儿咯咯笑起来。

"馋嘴巴子，九岁了，还打了山果来吃？"望趾说。

领队插话道："打垄儿一来工地，望趾怕他夜里想爹娘哭，便唤他睡到身边，有个头疼脑热的，也好照应。这垄儿可黏着望趾呢。"

"望趾叔一肚子故事，亮一次星星掏一个，可好听呢。"垄儿说，红扑扑的脸蛋，也似深山红果一般。

"好，"大禹哈哈笑起来，轻拍着垄儿的脑袋说，"等长大了，你也变成故事大王。"

离开崖脚，大禹返回原处，女娇忙递上水。大禹这才发觉，自己的嘴唇已干焦了。白花花的太阳，烤得岩石滚烫，烤得人胸口像积了一垛柴薪，空气也似乎凝滞不动了。大禹迫不及待地想喝点水，又若有所思，向后稷询问："水与草帽，向各处发放了吗？"得到肯定的答复，他才仰起脖子，咕咚咚灌了几大口水，又向后稷说道："准备一下，我们出发吧。"原来，二人昨夜商量好了，今天要在这一带搜寻，希望能找到一个供民夫容身的新洞穴。女娇忙劝大禹："先歇一歇脚再去不迟。"后稷也劝大禹道："刚刚跑了一趟，暂且歇一会儿凉吧。"

大禹微抬起头，眼睛眯成一条缝，远眺崇山峻岭，向女娇与后稷感慨道："假如洪水没有泛滥，这么热的天气，人们能在树荫下躲一会儿凉。然而可怕的洪水来了，人们非但不能歇息，还要不停劳作。苍天在上，希望能早一天治理好洪水啊。"

后稷默默取出两顶草帽，陪大禹出发寻洞。

凿通龙门

1

登上大梯子崖时，大禹的脚印，深深陷入泥土中。后稷将大禹拉到一块圆石上坐下，蹲下来，轻轻地揉了几下大禹的腿。

二人哪里得知，几千年后，黄河石门附近的梯子崖上，还残留着几个石脚印，老百姓口耳相传，那是大禹在治水时留下的。

夕阳笼罩了肃静的山谷。一处宽敞的石洞里却发出欢呼，火把闪耀，民夫们争相观看新的栖息处。这里简直是上天的恩赐，洞穴深邃，泉声隐闻，分上中下三层，可容千人之众。下洞三米来高，中有一条石缝通向中洞，偏西的太阳，映得石缝一明一暗。攀上中洞，顿时宽敞起来，两个天然石池里清水盈盈，水从洞外一口流入，又从池旁的一个岔道流出。两个洞壁上均已凿出浅脚窝，能容小半个脚掌，旁边有木桩插入石缝，以便于人上下。上洞尚未及去窥探。

伯益、后稷等人簇拥着大禹，在洞口眉飞色舞地指点着。更妙的是，从山洞俯瞰，一带山川形势尽收眼底。

黄河石门两崖对峙，壁立千仞，一线天像箭矢一般摩石穿过，涛声深藏着千军万马，雾团从水面上滚出，翻腾至半空，恍若云彩在空中。大禹不禁一迭声赞道："美哉！美哉！"

伯益胸膛起伏，说："这壮美山川，倘若洪水退去，田畴在望，桑榆摇翠，该是一幅多么迷人的画面啊。"

大禹握住女娇的手，说："我想在上洞一角，划出一块地方供生病的人休憩，用餐开小灶，你看好不好？"

"好，"女娇忙说，"太好了，餐食可以由伴我来的涂山氏暮曦来做，她呀，最善于照料人了。"

子夜，月珠悬于一望无垠的空中，人们在一天艰巨的劳动后已睡熟了。大禹难以入眠，穿上女娇新为他缝的黑色葛衣，独自来到洞外。按照祭祀的传统，将洁净的水、新鲜纯美的水菜，还有谷粒都摆好，大禹向广漠天穹跪了下来，祈祷苍天佑民，治水有成。

2

第二天早晨，人们出了洞穴，下了坡头，

不觉眷恋地回望了一下新居。山高入云，上下两层绝壁横亘眼前。山坡上荆棘丛生，草木吐翠，各种不知名的野花竞相开放，清风徐来，花香扑鼻，让人满怀欣喜。

然而，山中的天气变幻莫测，到了工地没多久就狂风大作，撕扯着峭壁上凌空横出的松柏，欺辱着匍匐挣扎的小草，又拍击山体，轰隆隆地在河谷发出雷鸣一般的回音。待惊慌失措的人们环视四周时，空中已一片昏沉灰暗，地上的碎石滚动飞砸。大禹立刻命令全部人分成两线，各自依偎在崖畔，避开肆虐的狂风。人们瑟瑟发抖地蜷缩着，不知能否活到下一刻，巨大的涛声覆盖了他们惊恐的尖叫与低沉的哭声。待风力小一些了，人们揉一揉眼睛，发现还能看到日头，一些随身物件，都被吹飞了。一个矮小的身影活动起来，比燕子还矫健，一会儿就捡回来不少物件。哪怕壶上的碎陶片，也能舀一口水喝不是？大禹望见了垄儿，招手唤他与望趾过来。垄儿刚受了大家的夸奖，脸上还挂着憨厚的笑容，又跑了好一会儿，鼻翼可爱地抽动着。

"我有用吧，大禹叔？"垄儿蹭在大禹身旁，问道。

"大家又危险，又辛苦，垄儿不愧是好帮手。"大禹一脸和蔼地说。

垄儿吃吃地笑，忽然，好似想起了什么，对大禹说："我想求您答应我一件事。"

望趾说道："这孩子，大禹叔是勉励你哩，你多大的功，倒邀赏了？"

大禹笑向望趾道："尽管让他说。"

"我，"垄儿迟疑了一下，吞吞吐吐道："以后我犯了错，您不要撵我走，只要留下，罚我干啥苦活都行……"垄儿不敢看大禹，埋下头，终于按捺不住拖长哭腔道，"我不想死——不想离开你们——"

大禹抱起垄儿，叹了一口气说："洪水下的孤儿可怜，小小年纪，哪来沉重的心事。"

望趾被触动了，告诉大禹，垄儿有时在深夜，梦里乍一惊醒，都喊着"别撵我走——"；有时小保镖一般跟在他身后，为自己能派上用场而安心。

为活跃一下气氛，望趾又说："小家伙除了一个最怕被撵走，还有一个最爱，当馋猫喽。"

"听说，望趾叔使了金点子，都拦不住你馋。"大禹刮了刮垄儿的鼻头，又扭头对望趾说，"算喽，咱这荒郊野外的，再馋的孩子能吃上什么呀。"

3

真快,一轮清月又升上了野岭。大禹来探望病号,亲手将小米粥喂入病人嘴里。那人羞惭地说:"大家干劲儿都这么高涨,我这不争气的身板却……"大禹站起身,向几个病人说:"不是身处其中,岂知治水的艰辛?大家保重身体,先好好养病吧。"

返回女娇那儿时,大禹总是疲惫不堪。月光洒在静穆的群山上,木叶的簌簌声从洞口传来,大禹在女娇为他揉小腿时,常常就睡着了。

下洞的一隅,望趾正搂着垄儿讲故事。垄儿已认望趾为干爹,缠着干爹讲一个山野传说。望趾说:"我讲一个大禹叔的好不好?"垄儿喜极。望趾便一板一眼讲了起来:

"大禹开凿龙门山的时候,一日,偶然钻入

一个幽深的大岩洞，山洞越走越黑，后来简直寸步难行了。大禹只好擎起火把向前探路。不久，忽然洞内一片光亮。他定睛一看，原来有一只貌似豕的兽，嘴里衔了一颗夜明珠，照得满洞生辉。这时候，又有一只青犬，吠叫着在大禹身前引路。大禹约行了十里，完全不知昼夜，来到了一个开阔光明的殿堂。方才的豕犬，摇身一变为人，皆着黑色衣裳，簇拥着一个人面蛇身的神端坐在殿堂中央。大禹凝望之下，猜中了八九分，便问：'您莫非是伏羲先皇吗？'那人面蛇身的神答道：'我就是九河神女华胥氏的儿子伏羲。'于是，伏羲从怀中掏出一支玉简交给禹，其形似竹片，长一尺二寸，让禹拿了去度量天地。禹执此简，果然平定了水土。"

4

草黄了又青，青了又黄，龙门的开凿还在持续中。

伏羲掏出一支玉简，其形似竹片，让禹拿去度量天地。

大禹逐渐发现，工地上的气氛有些异样，人们不再争先恐后，士气逐渐低落了。大禹寻思一番，龙门险厄，久凿未成，大家失去信心自然泄气了。于是，在一个滴水洞旁，大禹召开了大会。他登上高石堆，大声问道："大家想过上田园青翠、谷穗飘香的生活吗？"

　　底下的人由衷喊道："当然想了！"

　　大禹跑到左边滴水洞口，指着石凹槽说："大家看，弱小的一滴水，只要持之以恒，可以击穿顽石！"

　　大禹又跑到右边，手指巍峨高山说："大山插入云中，人如蝼蚁，但我们登上过山顶吗？"

　　人群里纷纷传出回答："我登上过……我也在峰顶坐过……我年轻时就成功过……"

希望一旦重新唤起，蛰伏的春雷便要炸响，人们的信心又渐渐恢复了。

第二天，伯益正在吃饭，大老远瞅见大禹就喊："嘿，你这气打得及时，工地上又热气腾腾了。"过了好一会儿，伯益才发觉自己的筷子还挥舞在半空中。

5

那激动人心、永载史册的一天，终于来临了！

龙门凿通了！

其时，天堑一开，洪涛低了，两岸一阵又一阵的欢呼声，分外响亮地回荡在崖畔。女娇随着大禹伫立岸上，与许多人一样，向浑圆的苍穹尽力挥舞着双臂，以表达内心的激动。这一刻，简直比神灵降临还庄重，比任何一个盛大的节日还要热烈。

大禹嘴唇翕动，泪光盈盈。他的视线从崖底一层层转移到烟云缭绕的青蓝色石崖顶，又从崖顶开始，一点点搜寻到崖底，似乎正在浏览一本摊开的天书，上面写尽了沧桑。

在大禹眼里，只有从星辰之源驶下的九曲大河，才能徐徐翻动这本厚重的天书。黄河曾以遒劲的笔力，书写出一个巨大的"几"字，不远千里，从黄土高原长驱直下，在壶口焕若重生，又穿越孟门、石门，一旦夺龙门而出，水势骤然趋于平缓，不久从风陵渡东折驶向浩浩渺渺的汪洋大海……

而这本天书，今已完成，即将摆放在禾苗青青的千里沃野上。大禹忍不住高歌了一曲，环目四顾，苍苍茫茫的原野环抱着高山大河。

大禹纵情高歌时，岸上不少人屏息倾听。除了治水民夫外，还有邻近龙门的老百姓们，男女老少赶来礼赞奇迹的发生，听了一会儿便伸出双手，齐打节拍。

黄河西来决昆仑，咆哮万里触龙门。

黄昏又徐徐合上了它紫色的帷幕。女娇一想到水患已息，却留下荡气回肠的龙门山川，胸廓中依旧热流翻涌。她已回到洞穴，从葛布包袱里，掏出那幅绣了一半的治水地图，不禁暗暗自责："岂能因为刺绣上的困难，就停止呢？"

她拉上暮曦，来到山上的一株大桑树下，怀里紧揣着地图。原来，大禹治水的苦志精诚，感动了神灵。一天，禹正伫立在危崖上观察水势，一个白面长人，生着鱼的身子，忽然从波涛中一跃而出，说自己是河精（其实就是河伯），交给禹一份治水的天下地图后，倏尔，又潜入深渊了。

一个生着鱼身子的白面长人，从波涛中一跃而出，交给禹一份天下地图。

请暮曦在旁见证，女娇扑通一声跪倒，向天空举起河图说道："我，涂山氏女，若不能克服难题，绣完治水的天下地图，就不配做大禹的妻子！"

劈凿三门

1

日子比树叶还稠密哩。每日繁重的劳动，对治水者们来说，似乎每一刻都压在肩头，沉重而漫长。

如今，治水队伍已开赴龙门上游几百里的三门峡。

这一带最摄人魂魄的，还是砥柱山。要说砥柱山，就不能不说到大禹凿山，开通三门，即人门、神门与最险厄的鬼门了。

一座突兀的山，阻挡了黄河汹汹来水的去路，大禹夜不成眠，拾了粗麻衣披上身，独自出门，在一钩新月下徘徊。

　　清冷的月辉下，山，愈发像刀一般刺向夜空。

　　大禹取了清水，举起黑陶杯，恭敬地向悬月的夜空举了很久，最终说了一句："我不会忘记受命那一夜发下的铮铮铁誓。"

　　大禹走遍了河边每一处观察地形，一夜苦思冥想。东方天空的缝隙里，露出一缕微红时，一个望山的角度，突然让他灵光一闪：对，对了，此山适合劈凿三门，让黄河东驰而去。

　　回到驻地，天已大亮。女娇一边嗔怪他不留心身体，一边忙端来热腾腾的小米粥，又趁他进食，蹲下为大禹揉了一会儿双腿。洞穴里，一床软和被子早为大禹铺好了。大禹瞄了一眼，真想倒头大睡，但他一刻也没停歇，又忙着安排先凿七口石井，准备打一场旷日持久的硬仗。

老天，似乎要给他们一个下马威。开山的第一天，降下了倾盆大雨，顿时滔滔浊浪与雨线交接成一片，恍若世界末日一般。人们显得如此渺小、孱弱，一个个面如土色，浑身抖得筛糠一般，生怕下一刹那就要变身水族。这时，谁还敢想那开辟三门的雄心壮志，那简直是天神的奢望！

天晴了。大禹简短而有力的话语鼓舞着大家。

治水队伍中增加了当地民夫，在大禹率领下，先着手拓宽砥柱山两侧的水道，又不知费了多少气力，终于劈开砥柱山北侧的人门。人门开通的那一夜，大禹却因终日劳累，腿疾发作，卧病不起。女娇心疼堕泪，亲敷草药，又采来鲜果，为大禹精心做了一罐果酱。可是，当她出去汲水，再回到洞穴时，石案上的鲜美果酱竟然不翼而飞了！

望着呻吟的大禹，女娇难受得一阵揪心。

　　养了两日，大禹的腿疾好了。他好久没享过这般清福了，然而心下不安的滋味并不好受，所以腿脚一灵便，便走向砥柱山的工地。忽然，他听到断断续续的哭声，只见望趾铁青着脸，垄儿吃力地搬运着大石块，被压得脸色通红，大口喘着粗气，却不敢停步，憋不住时便偷偷哭泣。大禹忙卸下垄儿背上的石头，问："怎么回事呀？"谁料，望趾深深向大禹鞠了一躬，哽咽着说："垄儿这小冤家，对不住辛劳的大禹您啊，再馋也不能去偷果酱。幸亏苍天佑护，没耽搁您的病……"他话音未落，垄儿已一脸羞惭，重又扛上石块。大禹拦住垄儿，对望趾说："快不许这样了，你这是何苦呢，他还是个孩子呀。"望趾突然一脸泪水，仰天祈祷："请苍天保佑大禹吧，保佑大禹王，就是保佑天下苍生！"工地上的人受了感染，都仰天合掌道："请苍天保佑大禹！"垄儿蹲下抱住大禹，为他揉着右腿，哭道："我错了，我是真心悔改呀。"

2

不久，砥柱山中间的神门劈开了。鬼门的开
辟更加惊险，每一天，大禹都不敢离开一刻。然
而，有一个黄昏，他莫名怀念养腿疾时享的清
福，便拖着疲惫的身躯，提前回到洞穴小憩。不
成想，就在那一会儿，凿山出了一个失误，被迫
停工。

"这是上天给我的警告。"洞穴里，大禹面壁
而叹。他推开晚饭的碟碗，叫垄儿摘一些苦菜
回来。

望趾发现垄儿摘苦菜，得知缘故后黯然泪
下，前来劝大禹："今天偶然失误，和您并没关
系，万请您多保重啊。"

大禹拉住望趾的手，说："受命那一夜，我曾对天发下铁誓，一定要治平洪水，造福苍生。这个黄昏，我却懈怠了。我怎么对得起舜帝，对得起天下翘首企盼的苍生？"

大禹一口一口咽下苦菜时，垄儿蹲在一旁暗自难受，想到大禹宽容呵护他这个偷吃小毛贼，对自己却这么严苛，扑簌簌滚下了泪珠。

一个振奋人心的消息，激荡着治水者们的心潮。鬼门快要凿通了！三门中人门最广，可容驰舟，而鬼门的劈凿最为惊险。可以这样说，凡经历过鬼门开凿者，往后在众人面前，完全可以自豪地挺起胸脯！

橘黄色的月亮，先如滚珠，后似玉盘，升到了黄河砥柱山的上方。一堆红彤彤的篝火，与飘荡在河面上的夜色遥相呼应，显得异常温暖明亮。垄儿的脸蛋，被火光映衬得愈发红扑扑的，望趾搂着他，正在讲一个故事。谁让大禹的故事，垄儿老听不够呢？望趾说："天下黎民把美好的想象安在辛劳治水的大禹身上，他们说啊，大禹的身后，紧紧追随着背负息壤的神龟，它要为大禹牢筑九个浩渺大泽的堤防；而大禹的身前，行着黄帝战蚩尤时立下赫赫功勋的应龙，它率领一群大大小小的龙，前来助大禹一臂之力。应龙负责导引主流，尾巴画地成江，群龙呢，负责导引支流……"

垄儿缠着望趾："人家还要听，还要听嘛。"

"好，"望趾摩挲着他的红脸蛋，抬手指了一下鬼门，"你瞧见悬崖上的两个圆坑了吗，活像一对马蹄印，却比井口还大，难怪唤作马蹄窝。人们说，那是禹王开砥柱，跃马过三门，马的前蹄在这里打了一个滑溜留下的。"

"太好了！"垄儿高兴得两手直拍，"要是大禹真有一匹天马该多好呀！"

　　"有呀！"望趾将孩子搂得更紧了，"人们说，一匹名叫飞菟的神马，一日能驰三万里，受了大禹德行的感召，从远方赶来当了禹王的坐骑。你知道吗？还有一匹会说话的跌蹄呢，原是后土的家畜，也赶来供禹骑乘。"

3

　　天有不测风云，鬼门还差一日便竣工了，却起了一场祸事。当时，垄儿正哼着家乡小调拾干柴。大禹为观察得更细一点，率几个人濒近水面。谁能想到，已然弱多了的涛声中，轰的一声，平地起山般突卷起一个猛浪，劈头盖脸砸向大禹，欲卷人而去。万分危急中，一个小小的身影飞驰而来，不知哪来那么大的力气，一下子推开了大禹，自己却被砸昏在地。

"垄儿——"大禹撕心裂肺地喊了一声。

"垄儿——"泪水纵横的望趾，跟跟跄跄，闻声而来。

像一条干鱼般蜷缩着，大禹怀里的垄儿已奄奄一息。他努力睁开眼睛，用极其微弱的声音说："我要变成水族了，去见喂了鱼鳖的爹娘……您说，天下洪水真能治好吗？"

"一定能！不会再卷走小孩子了！"大禹潸然落泪，大声回答。

垄儿苍白的脸上露出最后一丝微笑，闭上了眼睛。

四野的风吹着小小的坟头，坟头上摆着一个火红的花环，那是大禹亲手扎的。花环一端，立着一只小黄鸟，像自由、快乐地跑来跑去的垄儿。众人以隆重的仪式安葬了垄儿，大禹怆然风中，再三祭拜，向着小坟头重起铁誓——一定要治平洪水，造福天下苍生。

大禹退后一步，扶住泪人儿一般的女娇。前天傍晚，暮曦便告诉他了，涂山氏已派人来接，女娇的母亲不幸患病，她们该返乡了。

一个风吹乱叶的拂晓，大禹将暮曦、女娇及涂山氏来人送出好远。

那里没有长亭接短亭，只有天风砺人、高山激流。那里没有垂柳依依，只有怪石嶙峋、河水低咆。

女娇又一次劝大禹返回了。她从怀里掏出一个布囊，小心翼翼打开，将她心爱的宝贝递给大禹。

天哪！大禹不由发出赞叹，九州治水地图，

这是一幅一人高的精美绣品。

一切话都是多余的。大禹紧紧搂住女娇，肝肠寸断的女娇，同样一个字也吐不出，良久才轻声道："我为你唱一支涂山谣吧。"

对大禹来说，这是天下最美妙的乐音。女娇微启朱唇，清扬歌喉，一字字如远方峰巅皑皑积雪上的玉珠，滚坠到幽深的山涧之中："候人兮，猗——"

大禹半晌才回过神来。女娇一行人，已走到山冈拐弯处。女娇频频回首，最后双手扩成一个圆，向他喊了一句什么。一阵风掠过，大禹只听见山谷蓄满回音："多留心你的腿——"

三过家门

1

三门向东百五十步，有峰特立。一个艳阳高照天，三门中最险的鬼门终于开凿成功了。鬼门窄，即使在后世，舟筏入者鲜有得脱。

人门、神门与鬼门既已全部凿通，众人欢呼雀跃之情可以想象。大家簇拥着大禹，在黄河陡崖上俯瞰，只见汹涌东来的黄河水，冲到砥柱山上，瞬间分成三股澎湃的急流，两根石柱铁铸一般，巍然屹立其中，这三股急流冲出去后，又被两侧山岩包住，一刹那又拧成一股激流，撞击到三门东面的一座河中孤峰上，其间无数或生或灭的漩涡恍若冰幽地眼，欲噬人马。令人叫绝的是，那孤峰竟似擎天柱一般，任狂风吼叫、恶浪轰击而稳如泰山，岿然不动。这就是中流砥柱。

大禹感慨不已。忽然又想到，若是垄儿还在，目睹这一刻该多好啊。天下洪水，一定会治平，大禹又一次在心底重复着誓言。

传说中六条龙拉的太阳车，慢慢迫近西山了。大禹无暇休息，等待伯益等人，一起商量开辟砥柱、析城至王屋山路途的大计。一阵风吹过，大禹听见洞口传来细碎的声音，像极了女娇送餐的步子，忙起身相迎，谁知只是风扫过草丛罢了。已接连好几日，一到天色转晦，大禹便有一种怅然若失之感。

不一会儿，伯益等人来了。原来，大禹治水每过一处，不仅留心人民的安泰与农田水利建设，还将山川地貌、物候变化、土壤情况与经济物产逐一记录，以便掌握当地的贡赋与治理状况。为便利八方交通，他除了疏九河、陂九泽与敷九土之外，还开辟了九山的道路。当初，在凿通龙门之前，便开凿了从壶口、雷首至太岳山的山路，当下要着手安排民夫开凿从砥柱、析城至王屋山的道路了。

翌日，大禹要去苍莽的山岭中，随从取来他登山专用的带铁齿的鞋。大禹瞅见鞋被女娇擦得锃亮，以布包好，忍不住将鞋揣入怀中，含泪思念女娇。

黄河水从砥柱山向下，直至五户滩，其间大约一百二十里都是乱石恶水的险滩，也是大禹所开凿疏通的。其中尤有十九处险滩，水流迅疾，一丝也不逊于长江三峡之急险，自古所过舟船，毁损颇多。

2

  大禹疏导黄河，向东曾至洛汭，就是后来的洛阳。

  洛水之畔，又一个破晓时分，原野上习习晨风拂面。一片霞晕似的小粉花，吮足了泥土清新的气息，托起蕊心的金盏，向东方舒展腰肢，婆娑起舞。这一次，伯益追随着大禹，给当地黎民分发稻种并传授垄上技艺。水稻可种植于低湿之地，正适于洪水肆虐之后的土地。恰似长夜尽头见天明，哀哀久旱见甘霖，络绎前来的人们一个个喜不自胜。日上三竿，大禹尽管忙得腰酸腿疼，汗流浃背，但目睹这一切，他万分欣慰。

  烈日当头，筋疲力尽的大禹与伯益，坐到树下暂时歇一会儿。大禹今天特意穿了女娇亲缝的缁衣，便是想让天涯路远的女娇，如似看到这一天。此刻，他望着依风柔柔的垂枝陷入沉思，不知道女娇独守长夜的窗前，是否也有花儿婆娑起舞，也有垂枝随风低吟。

　　郁郁葱葱的桐柏山离洛水并不太远。长江、黄河、淮河与济水，并称为四渎。大禹的治水队伍开进桐柏山，是从源头上着手治理淮河。一个崖谷静谧的夜里，大禹月下巡视，望见一堆篝火边，望趾一个人呆呆地坐着。大禹轻叹一声，昨夜他还梦见了垄儿红扑扑的脸蛋。大禹给望趾递上热水，又默默陪他坐了一会儿，火苗上飞出七彩的焰，山涧中似乎传来一个孩子清脆的声音。

　　望趾眼角滚出浊泪，向着毕剥作响的篝火说："垄儿，干爹再给你讲一个故事听，好不好？"一棵棵山树，皆洗耳静听着。望趾说："桐柏人传说，禹在桐柏山治水，惊风时常四起，雷霆翻滚，大石哀嚎，树丛悲啸，川流被土堵塞，治水只好停止了。大禹愤怒了，召集群神商议除妖大计，并囚禁了不愿出力的鸿蒙氏、章商氏、兜卢氏与犁娄氏。于是诸神合力在淮水与涡水间擒获了无支祁。这厮善于言语应对，对这一带的江河与原野了如指掌。它外形若一只猿猴，鼻梁低缩，额头高耸，身青色，头白色，牙齿雪亮，两只眼睛金光四射，伸出脖子百尺长，力气比九头象还大，但身躯轻便而灵敏，被擒获后还在那儿腾跃闪奔着，一刻也安静不下来。大禹只好叫天神童律去制服它，却无效，又叫乌木由去，也毫无办法，最后庚辰受命而去，总算将它制服了。那一刻，好几千山精水怪奔号聚绕，庚辰又将一大戟掷去，无支祁受伤后才被降服了。然后，将这怪物颈锁大绳，鼻穿金铃，镇压在龟山之下，大禹治水才继续进行下去。悠悠淮水，才能安然东流，注入大海。"

天上的云絮自如地舒卷着，仿佛飞驰而去的时间，对它们丝毫不起作用。

3

这一天，大禹早早便起来了，在屋里踱来踱去，压抑不住内心的激动——马上就要到涂山氏部落的栖息地了……他走到门口，不由发了一会儿怔，不敢相信这一刻真的会降临，啊，多少回思忆女娇。

又踱到门口时，大禹仰望昊天。他多想陪女娇住下来，深秋一起听垂枝的摇曳声，早春一起看灿烂的花儿绽放。还有，一起守着白胖小子，听他喊一声爹爹……

然而，这一切比天上的云彩还虚幻。大禹深知，江、河、淮、济还未治平，却还有其他山川亟须治理。黎民百姓悲啼于洪水之中，舜帝如此信任，将重任托付自己，治水千头万绪，分秒必争，没有一天可容耽搁！

大禹想到涂山氏女娇，不觉深深愧疚。

经过家门时，大禹没有进去。女娇早抱着一个孩子，守在门口迎他。千里辞乡去工地探视的岁月里，一景一幕，深深烙入女娇的生命。在这世上，恐怕没人比女娇更理解大禹了。

犹记新婚后的第四天，这扇门前，二人便分别了。

真真实实的女娇伫立面前，大禹一时无语，千头万绪不知该从何说起，只是一边紧紧搂住女娇的肩头，一边惊喜地俯望着她怀中的婴儿。女娇低声道："给我们的儿子，起一个名字吧。"大禹在小家伙脸颊上一连亲了好几口，才说道："启！"

女娇向愈行愈远的禹喊了一声："注意你的腿啊。"

望趾也没顾上向女娇描述各地的山川风土，只是告诉女娇，大禹在大江南北治水时，怀揣她绣的地图，梦里不时念起她的名字。

大禹第二次经过家门时，启已经七八岁了，正在门口耍小石子。大禹弯腰欲抱，启却躲闪不肯，禹的心窝里酸苦聚集，一阵难受。女娇哽咽着说："他是你日夜盼归的爹爹啊！"启这才向这个黑瘦的跛子扑去，大禹一把抱起启儿，泪水早已滚坠在地上。

女娇心痛不已，蹲下为禹揉腿。这时，望趾得知启儿想听治水的故事，便拉过启儿讲了起来：大禹在北方的荒原上，向更北的方向走去，一条光滑的长山冈阻挡于前，冈上无树，也没一株草，自然更没飞禽走兽了。大禹翻过山冈，一打听才知到了终北国。此国四面围山，中间有一座叫壶领的山，流下甘甜的泉水"神瀵（fèn）"。此地四季如春，人人无须劳作，过着

第三次过家门时，大禹依旧没有进去。

快乐无忧的日子。见到大禹，人们热情地捧上神馔，大禹尝了一口，味道极美，但他一心惦念着中原水深火热中的民众，决然辞别仙乡，归来治理水患了。

　　第三次过家门时，大禹依旧不敢进去独享天伦之乐。他没有忘记铮铮铁誓——劳身焦思，一定要治平洪水，造福天下的苍生。

承继帝位

1

舜帝永远忘不了那一天。天风猎猎，旌旗飞扬，他率领着四方诸侯与百官，在郊外隆重地迎接禹。

天下的水土，已经大治！

从授命大禹任司空起，一晃十三年过去了。舜帝不由踮起脚尖，凝望前方。

眼前的一幕，却让舜帝惊呆了。只见夹道的尽头，走来一个黑瘦的跛子，手上老茧密布，小腿更是干巴巴的，由于常年在荒野栉风沐雨，脚老泡在水中，弄得腿上光溜溜的，汗毛全都磨掉了。

大禹不仅治平了侵袭天下的洪水，而且勘定了九州边界，为九州土壤划分出等级，规定了各州应纳的贡物。甸、侯、绥、要与荒这五服，是以王都为中心，像同心圆一样，向四周逐渐扩大的地域。

金钉一般的星星，深嵌在浑圆的苍穹上。

舜帝仰望夜空时一脸虔敬，心潮激荡。当年他任命的二十余人，都建立了功勋，而大禹的功劳可谓最大。如今南到交阯、北发，西到戎、析枝、渠廋（sōu）、氐、羌，北到山戎、发、息慎，东到长夷、鸟夷，所谓东临无垠的大海，西至浩瀚沙漠，天子的声威教化遍及四方荒远的边陲。大禹为此创制乐曲《九招》，各种祥瑞随乐而至，也招来了美丽的凤凰，随乐声盘旋起舞。

天下清明的德政，就从虞舜开始。

一个碧空万里的日子，为表彰禹治水有功，舜帝赐给他一块黑色圭玉，向天下宣告治水成功，天下从此可以太平安定了。

往昔，尧帝欲禅位于舜，曾向舜讲过"允执厥中"的道理。如今，舜帝整衣肃袖，又向大禹传授了一番：人心危险难测，道心难得其真，求真总须精纯专一，治世贵在守中固善……

不久，舜帝召开了一次会议，禹、伯夷、皋陶全都在座。皋陶先讲了为政之道，谈到知人、安民后，又谈到九德。他说："宽仁而又威严，温和而又坚定，厚道而又恭敬，有才能而又小心谨慎，和顺而又刚毅，正直而又和气，直率而又有操守，刚正而又讲求实效，坚强而又合乎道义，要重用那些具有九德的善士呀……"

禹说："按你的话行事，一定会做出成绩的。"皋陶谦道："我才智浅薄，只希望有助于推行治理天下之道。"

这时候，舜帝看了一眼大禹，说："禹，也谈谈你的高见吧。"禹谦恭地行了拜礼："哦，我说什么呢？我只想每天努力工作。"皋陶追问道："怎样才算是努力工作呢？"禹答道："洪水滔天，下民遭罪。我走陆路乘车，走水路乘船，走泥泞的路乘橇，走山路就穿上带铁齿的鞋……我和伯益一块儿，给黎民稻粱和新鲜的肉食，疏导完九河，引入大海，又将田间沟渠引入河道。我和后稷一起赈济民众，粮食匮乏时，便统一调配，或者叫百姓迁徙。于是民众安定下来，各诸侯国也都治理好了。"

大禹发自肺腑地说："啊，舜帝！谨慎地对待您的职位，忠于您的职责，辅臣有德行，天下人都会拥护您。您用虔敬之心奉行上帝的命令，上天就会一再嘉奖您。"

"啊，大臣们呀！"舜帝说，"你们是我的臂膀和耳目，我想引导帮助天下民众，你们要辅助我。"

他郑重地告诉臣僚两件事，一件是辨服装，一件是辨音乐。因为舜帝想效法古人，按照日月星辰的天象制作锦绣服装，并通过四方音乐的雅正与淫邪来考察政教。

在这庄严神圣的殿堂上，舜帝训诫道："你们不要学丹朱那样桀骜骄横，怠惰放荡，以致不能继承帝位。我们不能像他那样。"

大禹答道："我娶涂山氏的女儿时，新婚四天就离开了家，生下启也未曾抚育过，因此才治水功成。我助陛下设置了五服，一直开辟到四方荒远的边境，诸侯首领皆有功绩，只有三苗凶顽，陛下对此要加以注意。"舜帝说："用我的德教来开导他们，如果他们能顺从，这便是你的功劳了。"

2

无尽美妙的乐音响彻了殿堂，清扬宛转，天地中和之气绕梁不已。原来，乐师夔已奏响新曲，祖先亡灵已降临欣赏，各诸侯国君相互礼让，鸟兽在宫殿周围上下飞翔，翩翩起舞。当《箫韶》奏完九通，招来了凤凰，殿堂上闪耀着一片吉祥明亮的光芒，群兽都跟着舞蹈起来。

舜帝隆重其事，将大禹推荐给上天，自己退位了。

早春，舜漫步到郊外的一片树丛旁，黑衣燕子剪风翩飞。一个眉须皓白的老者从树枝旁走出。舜似遇故人，凝神想了一下，才忆起尧帝曾描述过老者。老翁悠然唱起："卿云烂兮，纠缦缦兮……"舜怔了一下，这不是当年功成身退，禅位于大禹时，同群臣互贺的《卿云歌》吗？他犹记得首唱后，八伯续歌道："明明上天，烂然星陈。日月光华，弘于一人！"舜超迈地答歌，以明心志，从日月星辰有序运行起，唱到如今禅于大禹，普天欢欣，在一片击鼓鸣钟中，精华已竭的虞舜，要无声无息地褰裳隐退了。

舜才回过神来，老者已重入林中。

这一年，舜禅位已经十七年了。娥皇与女英，又千里迢迢陪舜去南方巡视了。

走到烟波浩渺的洞庭湖时，二妃暂且住在君山，随从陪着舜又向南行了一截。一夜，娥皇与女英皆梦见舜身着五彩斑斓的衣裳，从天而降，向她们告别，诉说上帝派遣他去别处弘扬天道了。

二人从梦中醒来，无不大惊失色。

第二天，噩耗传来，舜安息在了南方的苍梧之野。天下民众，一片悲哀。与他共患难的娥皇与女英，哭得肝肠寸断。她们奔丧到南方，伤心的泪水洒在竹林上，斑斑点点，南方便有了一种叫湘妃竹的竹子。使者归来，告诉舜的助手含儿，南方的人们传说，二妃成了湘水的神灵，在秋烟袅袅飘零的木叶中，有时候还会看到她们徜徉于岸上。

象，舜那个狂傲无礼的弟弟，也千里迢迢来到他的墓所祭拜。

3

大禹服丧三年完毕，为将帝位让给舜的儿子商均，躲避到阳城。但天下诸侯都来朝拜禹，禹便继承了天子之位，南面接受天下诸侯的朝拜。

禹的国号为夏后，姓姒（sì）氏。

大禹崇尚古老的淳厚风俗，行于市尘，见一人受饥，便如同身受，见一人犯罪被缚，便深责自己教化天下不周。但历史的车轮滚滚向前，大禹分明感受到，社会已不全然适应古昔那一套了。

岂止大禹，追随他治水的民夫望趾，也曾凝望远方的山脉慨叹道："形势不由人啊！"

禹帝收集了九州州牧贡献来的铜，在公孙轩辕黄帝曾经铸鼎的荆山下，铸造了九个极大的宝鼎。大禹长年在野，深知旅人之艰苦，便命匠人在鼎上刻绘了九州万国的凶毒之物与鬼神精怪，陈列在宫殿门外。这样，人们出远门时，也能先从鼎上了解那一方存在什么危险，未雨绸缪，省得遭殃受害。

禹帝收集了九州州牧贡献来的铜，铸造了九个宝鼎。

大禹曾经在会稽山大会诸侯，天下万国执玉帛者众，防风氏晚到了一会儿，大禹将其诛杀以立威。

禹帝立为天子后，曾荐皋陶于上天，又把国政授给他，但是皋陶年纪已大，很快去世了。后来，大禹又举用了伯益。

滔滔河水入云影，浩浩江水东流去。

过了十年，禹帝到东方视察，到达会稽，在那里逝世了。天下传给了伯益。

由于伯益辅佐禹时间不长，天下并不信服他。伯益服丧三年完毕，将帝位让给禹的儿子启，自己避居到箕山之南。禹的儿子启贤德，天下人希望他当天子，诸侯都去朝拜他，说："这是我们的君王禹帝的儿子啊！"